CHICHOIS
DE LA RUE
DES MAUVESTIS

Nicole CIRAVÉGNA est née à Nice. Professeur à Marseille, elle a publié treize romans pour les enfants.

Comme Chichois, l'illustrateur, COLLINE, est marseillais. Dessinateur aux quotidiens *Le Provençal* et *Le Soir*, il est aussi le frère de l'auteur.

Ce livre a été publié pour la première fois en 1979,
aux éditions Bordas, dans la collection
« Aux quatre coins du temps ».

Loi n° 49 956 du 16 juillet 1949 sur les publications destinées à la jeunesse : avril 1995.

ISBN 2-266-06528-9

Photocomposition :

TÉLÉ-COMPO - 61290 BIZOU

Achevé d'imprimer en mai 1996
par Maury-Eurolivres S.A.
45300 Manchecourt

Dépôt légal : avril 1995.

Nicole CIRAVÉGNA

Chichois de la rue des Mauvestis

Illustrations de Colline

POCKET

CHAPITRE PREMIER

C'est moi le plus rigolo de la classe. Tout le monde est d'accord là-dessus et, d'ailleurs, le maître l'a écrit dans mon cahier du jour : « François ne pense qu'à amuser ses camarades. Il semble plus doué pour le cirque que pour l'école. » À mon avis, je suis doué pour les deux mais, moi, je travaille en rigolant tandis que, les autres, ils travaillent en transpirant. Bombana, par exemple, quand il fait un problème, il devient rouge comme un gratte-cul, et son gros ventre, sous le maillot, il tremble comme un flan dans une assiette, tellement il fait d'efforts pour courir après la solution ! (Bombana, pas le ventre tout seul !)

Et Grelon ! Dès que le maître nous met au travail, il se met à sauter sur son banc comme s'il lui giclait du courant électrique dans les fesses. L'inspiration doit lui arriver par là, mais il n'a pas l'air heureux.

Un qui a l'air heureux, c'est Amador car, lui, il ne tremble pas, il ne saute pas en l'air : il dort. Tous les quarts d'heure, il soulève une paupière pour voir un peu ce qui se passe du côté du maître et il se rendort, la bouche en balançoire sous le nez. Et il n'ouvre jamais les deux yeux en même temps, tantôt l'un, tantôt l'autre, pour ne pas trop les fatiguer. Amador, c'est un type qui s'économise. D'ailleurs, le maître a écrit dans son cahier : « Ne vient en classe que pour chauffer les bancs. » Feignant comme il est, je me demande s'il les chauffe si bien que ça !

Grattenoix, lui, il ne dort pas, mais il ronfle, surtout pendant la dictée. Il est penché sur son cahier, le dos tout rond comme un sanglier qui cherche des truffes, et il fait un bruit d'enfer avec son nez. Il n'a pas l'air heureux !

Tandis que moi, je dois avoir l'air heureux parce que faire des problèmes, ça m'amuse, je me prends pour un détective, et regarder les copains, ça m'amuse encore plus parce qu'ils sont de fameux guignols !

Et si c'est des choses comme ça que le maître veut qu'on écrive dans ce cahier qu'il nous a donné à chacun pour y faire des textes libres, je n'ai pas fini de m'amuser, parce que ça me fera rigoler double de lui raconter ce qui me fait rire à l'école et ce qui me fait rire à la maison. À la maison, il y a mémé Za, et papa dit qu'à elle seule, elle vaut le spectacle !

Justement, elle m'appelle pour le dîner. « Tu viens ou tu ne viens pas ? » qu'elle me crie de la cuisine. Je viens. J'ai entendu papa et maman qui rient dans l'escalier, et la petite voix de mamie Marie-Louise qui répond à la grosse voix de mémé Za.

Ce soir, on mange dans la cuisine parce que la télévision est en panne ; alors mémé Za a dit que ce n'était pas la peine de se fatiguer à porter les plats de la cuisine à la salle à manger comme les autres soirs. Et pourtant elle ne ressemble pas à Amador !

CHAPITRE II

Il n'y en a que trois dans la classe qui ont une arrière-grand-mère : Bombana, Soulier et moi. Mais la mienne, c'est la plus jeune et la plus terrible.

Celle de Bombana, elle est grosse quatre fois comme lui. Il y a dix ans, elle est tombée assise dans un fauteuil, et depuis elle y est restée coincée. Avec Bombana, elle mange des choux à la crème et puis elle dort. Elle n'est pas drôle du tout.

Celle de Soulier, on dirait une vieille cigale. Elle est toute grise, et quand elle ouvre la bouche, il en sort un petit grincement.

Tandis que la mienne, mémé Za, quand elle ouvre la bouche, il en sort une voix de ténor. On se croirait à l'Opéra. (J'y suis allé une fois avec elle, à l'Opéra, je vous raconterai.) Et puis elle a une tête splendide : on dirait Jules César. D'ailleurs elle doit avoir du sang de Jules César dans les veines. Le maître, M. Pardigon, nous a dit que Jules César était venu par ici au temps des Romains et qu'il avait tout cassé à Marseille, et mémé Za, quand elle a la colère, elle casse tout, à commencer par nos oreilles. C'est pour cela que je pense à Jules César quand je vois sa belle tête bronzée. Des fois je me demande si elle avait cette tête-là quand elle était bébé. En tout cas, elle devait le faire tanguer, son berceau !

Son mari, pépé Baptistin, je ne l'ai pas connu. Il est mort à la pêche près du château d'If quand j'étais tout petit. Il a attrapé une insolation. Maman dit toujours : « Pépé Baptistin, c'était un vrai soleil. Il vous faisait rire même quand vous n'en aviez pas envie. » Pour moi, le soleil a dû être jaloux de lui et, un jour que pépé était seul dans sa barque, il lui a flanqué un coup de rayon sur la tête.

Mémé Za a dû pleurer toutes les larmes de son corps parce que, depuis, elle ne pleure plus. Elle crie. Elle crie après mamie Marie-Louise parce qu'elle est trop lente. Elle lui dit en marseillais : « Boulègue-toi un peu que tu vas t'endormir en marchant. » Elle crie après maman parce qu'elle est trop rapide : « Bou Diou, cette petite, c'est le mistral ! Arrête-toi, que tu me donnes le vire-vire. »

Et puis elle crie après moi et me lance des coups de torchon tantôt pour me réveiller, tantôt pour m'arrêter, parce que moi, pour me lever, le matin, je suis plutôt lent, et pour courir vers le buffet, je suis plutôt rapide.

Il n'y a qu'après papa qu'elle ne crie pas. Quand il voit qu'elle fronce les sourcils, il la prend par la taille et il la fait valser. Alors, elle pousse de petits cris, tout petits, comme si on la chatouillait, et elle répète : « Oh ! ce Damien ! Oh ! ce Damien ! »

Papa s'appelle Damien, Damien Bouscau comme moi. Maman s'appelle Stéphanette. Papa, il rit toujours. C'est un type sympathique. Même que je n'aie que dix ans, il m'emmène sur l'esplanade du fort Saint-Jean, pour faire équipe avec lui, aux boules. Moi, je pointe ; lui, il tire. Il fait sauter le bouchon à dix mètres.

Avec mémé Za, je joue à la belote.

Comme elle triche, je crie, et elle me flanque un coup de torchon. Je ne sais pas comment elle fait, mais elle a toujours un torchon avec elle, comme un cow-boy a son revolver. Si, un jour, il y a une épreuve de torchon aux Jeux olympiques, sûr que mémé Za elle a la médaille d'or. Jamais elle ne rate son but, même quand elle lance le torchon à travers la cuisine. Il part et il s'ouvre comme une aile, et plaf ! il vous atterrit en pleine figure.

Mamie Marie-Louise, elle, avec les torchons, elle essuie la vaisselle. Des fois, elle s'essuie les yeux quand elle a perdu au loto. Pour la consoler, je lui dis : « Viens, on va en faire un autre. » Elle m'embrasse. Je l'aime bien. Elle est douce, elle. Elle n'a pas de mari, je crois qu'il est mort lui aussi, comme pépé Baptistin, mais je ne sais pas de quoi. On ne parle jamais de lui. Il n'y a que mamie Marie-Louise qui doit y penser, et c'est ça qui la rend triste.

On vit tous ensemble au 10 de la rue des Mauvestis. C'est un vieux mot qui veut dire « les mal habillés », mais on est bien habillés, sans trous, tous les cinq, et on a la télévision.

Mémé Za et mamie Marie-Louise couchent dans la même chambre où il y a un grand lit. Papa et maman couchent dans la chambre bleue. Et moi, je dors sur le canapé de la salle à manger.

Le soir, toute la famille est assise sur mon canapé pour regarder la télévision. Quand c'est un film de cow-boys, je tiens jusqu'au bout, mais les chanteurs et les films d'amour, ça m'endort. Alors je me glisse derrière eux. Je me couche, j'ai quatre dos qui me cachent la télévision, surtout le dos de mémé Za ; il fait une ombre terrible. Je ne vois plus rien, et je m'endors.

CHAPITRE III

Tous les copains, sauf Amador, écrivent dans leur cahier, mais ils ne le font pas lire aux autres. Je me demande si le maître pourra y glisser l'œil un jour. Moi non plus, je ne le montre pas mais j'essaie de savoir un peu ce qu'ils mettent dans les leurs. À mon avis, Bombana, par exemple, il en est toujours à la couverture : il a peint dessus des fleurs tellement petites tellement nombreuses qu'on dirait des fourmis de toutes les couleurs ! S'il raconte dedans des histoires de saucisses, vu que son père est charcutier, toutes ces fourmis vont lui manger son histoire.

Grelon, lui, je parierais qu'il raconte tout ce qu'il voit à la télévision : il en est fou, même les chanteurs il regarde ! Pourtant, s'il saute devant le poste comme il saute en classe sur son banc, sa tête, elle ne doit pas être souvent en face de l'écran ! Il doit voir une image sur deux, la moitié du film, quoi !

Avec Grattenoix, rien à faire. Il vous foncerait dessus à coups de crâne. Quand il est né, on lui a changé le sang parce qu'il a eu une maladie terrible. À mon avis, on a dû lui mettre du sang de sanglier parce qu'il a une dent qui lui sort sur le côté, toute pointue, et des sourcils même sur le nez ! Et puis il grogne toujours : « Oh ! tu me cherches, dis ? » Peut-être qu'il va manger son cahier un jour qu'il aura faim !

Moi, c'est le dîner que je vais manger maintenant. C'est l'heure. Bon appétit à tous !

CHAPITRE IV

Je ne peux pas écrire dans mon cahier tous les jours parce que j'ai presque une vie de ministre, toujours occupé. Vous allez voir.

La nuit, je dors. Je dors très bien, surtout s'il y a eu des chanteurs ou un film d'amour à la télévision. Mémé Za dit chaque fois : « Ce petit, il n'a pas l'oreille musicale », ou bien : « Ce petit, il n'est pas sentimental », parce que, dès que je vois arriver un chanteur ou des amoureux qui s'embrassent, je tombe raide sur mon divan, derrière les dos de la famille. Je suis endormi d'un coup. Et alors, je dors dix heures.

Au bout de dix heures, je dors toujours. Maman dit : « Il va avoir une indigestion de sommeil », et elle me tire le nez, elle m'ouvre un œil, elle me chatouille le menton, elle me souffle dans l'oreille. Je fais une grimace terrible et je dresse mes deux jambes en l'air avec le drap dessus. « Tiens, voilà le réveil du fantôme », dit mon papa, et il me gratte les pieds. Le fantôme s'écroule, et je me tords de rire. Il est sept heures et, à partir de ce moment, ils me disent tous la même chose, les uns après les autres : « Dépêche-toi. »

Je vais aux cabinets. « Dépêche-toi. » Il y a des jours où je peux, mais il y a des jours où il me faudrait du temps. J'en ai toujours un qui me tape à la porte, et toujours mémé Za qui crie : « Il est constipé ce petit, je vais lui donner une cuillerée d'huile de ricin. » Du coup, je sors tout de suite et je vais dans la salle de bains.

D'accord, elle n'est pas grande et on est cinq à la maison, mais ce n'est pas une raison pour qu'ils défilent tous quand j'y suis. Et c'est maman qui vient mettre son rouge à lèvres, et papa qui se rase par-dessus ma tête en se faisant des grimaces dans la glace, et mémé Za qui vient rincer son dentier et qui se le remet : clac ! à côté de la tête de papa toujours dans la glace. Il n'y a que mamie Marie-Louise qui ne vient pas. Elle se lève avant tout le monde et se lave la première. Mais les autres, ils n'arrêtent pas d'entrer et de sortir, et au passage un me regarde le trou des oreilles pour voir s'il est plein, l'autre me soulève un pied... pour voir s'il est blanc ou noir, et tous me crient : « Dépêche-toi ! Dépêche-toi ! » À la fin, je ne sais plus où j'en suis. J'oublie de me rincer, je sors tout savonneux et, quand la mousse a séché, je suis blanc. Mémé Za crie : « Il est tout pâle, ce petit ! Il tombe d'inanition. » (Ça, c'est un mot difficile, mais je l'écris bien parce que je l'ai cherché dans le dictionnaire.)

Alors vite, avant de tomber de ça [1], je cours dans la cuisine. Au milieu de toutes leurs tasses de café (ça les excite, ce café !) il y a mon bol de chocolat qui fume comme un volcan et quatre tartines de beurre. Sur le beurre, je mettrais bien du miel ou de la confiture, mais je n'ai pas le temps. D'abord, ils continuent à tourner autour de moi. Ils me parlent, ils se parlent, je ne sais plus où j'en suis.

Papa dit : « Je vais sortir le fourgon. »

1. Avant de tomber de ça : avant de tomber d'inanition. Chichois ne se risque pas à écrire une seconde fois un mot aussi difficile !

Maman lui crie : « Prends le cageot de tomates. » Il oublie toujours les tomates.

Mémé Za s'assoit à la table en face de moi et elle épluche des gousses d'ail. Alors je me lève avec mon bol de chocolat et je vais le finir au-dessus de l'évier, et chaque fois elle est furieuse : « Ce petit, il sent la savonnette à la rose qu'il se ferait venir un essaim d'abeilles sur la figure, mais il ne supporte pas l'odeur de l'ail ! »

Je profite de ce que la salle de bains est vide et, vite, je vais me rincer la figure. Mais l'eau fait mousser le savon et me voilà encore tout crémeux. On dirait que je suis tombé la figure dans la chantilly. Maman me cherche partout. Elle me trouve : « Tu es encore là ! Dépêche-toi, tu vas être en retard ! ! ! »

Je m'habille en quatrième vitesse, j'attrape mon cartable au vol et je plonge dans l'escalier. On habite au troisième étage et l'escalier est mal éclairé. Mémé Za dit qu'un jour elle va s'y casser une jambe parce que les moellons sont décollés et qu'ils lui basculent sous les pieds. Mais comme je saute quatre marches à la fois, et même cinq quand je suis en forme, je ne risque rien.

J'arrive même en bas plus vite que mon « dix-heures ». Tous les jours, à cause de ces « dépêche-toi », j'oublie mon « dix-heures ». Alors... mémé Za pousse un cri, court sur le palier et me jette le paquet dans la cage de l'escalier. Eh bien, elle a beau faire vite, je suis en bas avant mon « dix-heures » et je le reçois sur la tête.

D'ailleurs, je ne le mange pas à dix heures car il y a tellement de choses à faire pendant la récréation que je n'aurais pas le temps. Je le mange en route. C'est toujours un morceau de pizza à l'anchois et il me fait passer l'odeur du chocolat à l'ail ; mais comme il s'empile sur mes quatre tartines qui ne sont pas encore descendues, j'ai l'impression que je suis bourré comme une cartouche. Prêt à exploser. Mais je n'explose pas. J'aurais plutôt envie de me rendormir en marchant.

Heureusement, devant l'école, le bruit me réveille. On est deux cents à brailler sur le trottoir. Mais, là encore, pas le temps de discuter. Les copains et moi, on a à peine le temps de discuter. Les copains et moi, on a à peine ouvert la bouche que la porte s'ouvre aussi et de la porte il sort un cri de

vache terrible. C'est le concierge qui appuie de toutes ses forces sur le klaxon de l'école. Il y en a qui disent que c'est une sirène à son continu. Moi, j'appelle ça un cri de vache.

Vite, on entre en s'arrachant les épaules au mur tellement on se bouscule. Les secousses font descendre mes quatre tartines et ma pizza d'un cran dans mon ventre. Je me sens mieux. Mais j'ai perdu la poche de mon tablier dans la bagarre.

On a toujours la bouche ouverte mais, dans ce vacarme, on n'entend pas ce qu'on dit et encore moins ce que les copains vous disent.

— Allez, dépêchez-vous, crie le maître. En rangs, dépêchez-vous.

On se met à la queue leu leu et on fait dans la cour des chenilles qui se tortillent parce qu'il y en a toujours qui tanguent sur leur base ou qui se filent des coups de coude dans le côté.

Une fois en classe, c'est la course contre la montre. On n'arrête pas. De la dictée, on saute au problème, du problème à la lecture, de la lecture au calcul mental... Sur le mur, il y a une pendule électrique, et en plus le maître a un chronomètre qu'il n'arrête pas de regarder comme si on était aux Jeux olympiques. La semaine dernière, il a ramené de chez lui un sablier. Trois minutes pour calculer, trois minutes pour réciter. « Tout à trois minutes ! » J'ai dit : « C'est le prix unique. »

Et pendant que le sable coule, au lieu de nous laisser tranquilles, il répète encore : « Dépêchez-vous ! Dépêchez-vous ! » Alors Bombana gonfle comme un ballon rouge. Il va éclater. Grelon saute, saute, saute comme s'il voulait partir enfoncer un clou dans le plafond avec sa tête, et même quand il s'est rassis il saute, saute, saute encore à petits sauts d'un centimètre. Grattenoix grogne tant qu'il suffoque. Mais Amador, lui, il est formidable : on dirait qu'il est ailleurs.

À la récréation, le temps de se cogner, de se boxer, de shooter dans le ballon ou dans les fesses de Bombana, et on est encore dedans à faire la course contre la montre.

À midi, le cri de la vache nous jette dehors. Je flanque un coup de poing à droite, un coup de pied à gauche pour me dégager le passage et je file à toute allure. J'ai tellement faim que j'ai l'impression que j'avale les rues les unes après les autres, de l'école à la maison. Et quand j'arrive, j'ai toujours faim.

Mémé Za me guette de la fenêtre et, quand elle me voit, elle me fait de grands signes qui veulent dire : « Arrive, arrive, que les pâtes, elles ont bu toute l'eau de la casserole », ou « que le poisson s'est ratatiné dans la poêle ». Et je me dépêche, et je me dépêche ! J'arrive mort sur le palier. Mémé Za ouvre la porte : « Viens vite, ma Nine ! » (quand on est seuls tous les deux, elle ne m'appelle pas François, ni Chichois[1], mais « ma Nine[2] »), et ça me coupe presque l'appétit. Je lui roule des yeux terribles, et chaque fois elle crie : « Mon Dieu, ce petit, il a des yeux de cannibale ! Il meurt de faim. Viens, ma Nine, viens manger. »

Et pendant une demi-heure elle n'arrête pas de me remplir. On croirait qu'elle est au marché et que je suis un panier à provisions : et des tomates, et de la viande, et des pâtes, et du fromage, et des bananes. S'il

1. Chichois : diminutif marseillais de François.

2. Ma Nine : terme de tendresse chez les Marseillais, s'appliquant aussi bien aux garçons qu'aux filles.

fallait qu'elle me porte une fois qu'elle m'a rempli, elle se décrocherait le bras.

Moi, je crois qu'elle veut me sauver la vie.

Tous les jours, elle dit à maman : « Ce petit, il est plat comme un timbre-poste. Tu ne le nourris pas assez. Avec ta télévision et ses eaux minérales, et son lait écrémé, et toutes ses publicités idiotes pour rendre les gens minces comme des fils de fer, tu deviens fadade [1], et ce petit, il devient squelettique ! »

Alors, à midi, elle me remplit bien, mais sans me laisser respirer, comme si elle avait peur que maman revienne tout à coup.

Quand j'ai avalé ma banane, je suis tellement lourd que je ne peux plus me lever de ma chaise. Et mémé Za, pareil. Alors, on s'endort tous les deux, la tête dans nos bras croisés sur la table.

On se réveille juste à temps, comme si on avait une horloge dans le ventre.

— Dépêche-toi, ma Nine ! Ton maître va te gronder !

Et ça recommence. Je dégringole l'esca-

1. Fadade (féminin de fada) : sotte, un peu folle.

lier, je cours dans la rue, j'arrive à l'école, je botte le derrière de Bombana qui me barre le passage, j'entre dans la classe, je tombe sur mon banc et je commence à respirer un peu. Le maître est pressé. Il paraît qu'on a trop traîné le matin. Il faut finir la grammaire, le calcul, la lecture.

Quand la vache crie à quatre heures pour la récréation, on a à peine fini de rattraper tout ce retard. Amador, lui, est resté en rade. D'ailleurs, il n'essaie même pas de rattraper le retard. Il a la tête un peu penchée sur son livre, mais jamais il ne tourne la page. On dirait une statue. Moi, je crois qu'il dort les yeux ouverts. Le maître dit qu'il a les yeux assis dessus son livre. Grelon, lui, il n'a plus rien d'assis, ni les yeux, ni les fesses. Tous ces « Dépêchez-vous ! Allez ! Allez ! » ça l'excite plus que le café noir. Aussi, quand le maître ouvre la porte, il gicle dans la cour et alors on le voit partout, à droite, à gauche, comme une puce qui saute, jusqu'au moment où il tombe dans les cabinets.

La récréation ne dure pas longtemps. Juste le temps d'une petite bagarre avec

Grattenoix qui tourne en rond en soufflant comme un sanglier.

Puis on rentre en classe.

— Vite à vos places ! Amador, ne t'endors pas en route ! Ton bureau est ici.

Un bureau ou un autre, Amador s'en fiche éperdument. Pourvu qu'il soit assis quelque part. Il reprend son sommeil, et nous, la course contre la montre. On va devenir de vrais champions, avec un entraînement pareil.

Imaginez un peu : en histoire, on a démarré aux hommes préhistoriques ; si on veut arriver aux cosmonautes avant les grandes vacances, il faudra en mettre un coup. Et en géographie, on est parti pour le tour du monde. Papa a dit : « À raison d'une heure par semaine, vous ne dépasserez pas Tombouctou. » Il ne se rend pas compte de l'allure à laquelle on y va : de vrais zèbres !

Et pour le reste aussi, l'atelier ou la gymnastique, ou les leçons de choses, on marche à coups de chronomètre. On dirait toujours que le maître veut battre un record. Mémé Za dit que c'est à force de voir les sports à la télévision qu'il est devenu comme ça. Maman pense que c'est à cause du chronomètre. Il a dû le payer très cher, alors il veut en avoir pour son argent.

Pourtant, quand elle m'achète une paire de souliers qui coûte cher, elle ne me les met que le dimanche. Si M. Pardigon pouvait faire pareil avec son chronomètre !

Enfin, à cinq heures, l'école est finie. Un grand cri de vache et on sort en courant. On est tellement excités qu'on hurle sans arrêt, et chaque soir les gens de la place se mettent aux fenêtres en se bouchant les oreilles. On est déchaînés, mais quand on s'est fourré un malabar dans la bouche, on crie moins et on finit par rentrer à la maison.

Je file tout de suite dans la salle à manger et, avant les feuilletons de la télévision, je sors tous mes livres pour me faire un mur sur la table. Je m'installe derrière avec mon cahier de textes libres et j'écris à toute allure.

Mémé Za vient me porter le goûter, je me couche sur mon cahier pour qu'elle ne voie pas ce que j'écris. Elle est moqueuse comme tout.

D'ailleurs, elle me dit chaque fois : « N'aie pas peur… je ne vais pas le copier, ton problème. Je sais tout ça, moi, et depuis longtemps ! » Et elle sort très fière. Quand elle était petite, elle ne devait jamais copier sur sa camarade, elle est bien trop orgueilleuse !

Mais, par contre, si elle était aussi agitée que maintenant, elle devait donner le vire-vire à toute la classe. Il n'y a pas cinq minutes qu'elle m'a donné le goûter qu'elle revient pour me dire :

— Dépêche-toi. Dans un quart d'heure, je mets le couvert.

C'est parce qu'elle veut regarder la télévision tranquille en attendant papa, maman et mamie Marie-Louise. Quand ils arrivent, je finis ma rédaction, enfermé dans les cabinets.

Alors, vous me croirez si je vous dis qu'il m'a fallu sept jours pour vous en raconter un.

CHAPITRE V

Monsieur Pardigon, il paraît que vous avez des coliques dans les reins à cause d'un caillou qui est venu se mettre là. Mais comment il y est arrivé ? Vous qui nous faites cracher nos malabars, vous devriez bien vous arrêter de sucer des cailloux puisque ça donne des coliques, et puis ça peut vous casser les dents. Jusqu'à vous, je ne connaissais personne qui mange les cailloux. Je l'ai dit à mémé Za qui a rigolé et qui m'a raconté que votre caillou, il s'était fabriqué tout seul dans le rein. Mais fabriqué avec quoi ? Je vous le demande !

Pour que vous sachiez un peu ce qui s'est passé ici pendant votre maladie, je continue ma rédaction. Vous n'aurez qu'à lire, vous saurez tout, enfin presque tout.

Depuis ce matin, on a une remplaçante. Elle est petite, elle est mignonne. Quand elle parle, on est obligé de se taire si on veut l'entendre. Je crois que Bombana est déjà amoureux. Il est resté toute la journée la bouche ouverte, comme un poisson, à la regarder sans arrêt.

On a tous changé de place. On est tous au premier rang. Enfin, on a failli y être, tous les vingt-cinq, mais comme il n'y avait pas assez de bureaux, on s'est bagarré.

Alors elle a pris sa règle et a tapé un coup sur son bureau, un coup sur toutes les têtes qui étaient sous sa main. Mon crâne a sonné comme une cloche. On s'est tous arrêtés net, et elle a dit :

— Toi, là-bas, qui es resté calme, viens te mettre ici.

Et Amador, en prenant son temps, est venu s'asseoir au premier rang. Il avait presque les deux paupières soulevées en même temps. Mais comme il était le seul à être resté calme, elle ne savait plus qui appeler encore. J'ai levé le doigt et j'ai dit :

— Maîtresse, à côté de lui, il faut mettre Grelon.

— Et pourquoi donc ?

— Pour le réveiller quand il s'endort,

et lui, Amador, comme il endormirait un régiment, il calmera peut-être Grelon.

— Tu es de bon conseil, qu'elle m'a dit avec un sourire splendide. Tu vas désigner les quatre autres.

Alors j'ai mis ensemble Soulier et Sabot. Vous devinez pourquoi ? Le coin des chaussures. Puis Bombana et Grattenoix, le coin des gros. Moi, je me suis installé derrière eux... La demoiselle a cru que c'était par modestie que je me mettais au second rang, aussi je me demande si, demain, j'apporte mes épingles de nourrice. Il y a un mois que je rêve d'attacher par le tablier Bombana et Grattenoix, mais pour cela, il fallait que je sois derrière eux. Ça se passerait comme ça : je fais tomber ma gomme sous mon bureau, je plonge, j'attrape leurs pans de tablier et je les épingle sans qu'ils s'en aperçoivent. Je remonte à ma place et j'attends que la demoiselle appelle Bombana ou Grattenoix au tableau. Si c'est Grattenoix, il se lève et reste accroché. Alors il se tourne : « Oh ! dis, tu me cherches ? » Et il sort sa dent. Le pauvre Bombana, lui, a son tablier qui se dresse en l'air et qui suit Grattenoix. Il devient rouge. Il gonfle. Ses

ALLEZ L'OM
Cahier

yeux roulent comme des billes. Grattenoix tire. Le tablier craque.

Si c'est Bombana qu'elle appelle, il se lève d'un bond et hop ! il soulève le tablier et la fesse gauche de Grattenoix qui meugle comme une vache. « Oh ! dis, ça va pas, non ? » Alors Bombana tire, tire, tire, affolé, et le tablier craque.

Oui, mais si la demoiselle croit que je suis gentil, est-ce que je peux faire ce cinéma ? Mignonne comme elle est, d'entendre grogner Grattenoix, ça va la faire pleurer.

CHAPITRE VI

Elle se donne beaucoup de mal pour nous faire comprendre les leçons. Aussi on fait tout ce qu'on peut pour l'aider, même Amador.

Aujourd'hui, en grammaire, on a révisé le masculin et le féminin des noms. Elle nous disait un nom, et on répondait : masculin ou féminin. Par exemple, « chat » : masculin, « mère » : féminin ; « poteau » : masculin ; « casserole » : féminin.

On répondait très bien, mais ça s'est gâté avec « platane [1] ». On a dit : féminin, et elle a corrigé : masculin.

— C'est féminin ! a crié Grelon.

— Masculin, a dit la demoiselle.

Tout le monde a crié : féminin ! parce qu'elle était en train de se tromper et ça nous

1. À Marseille : *une* platane.

faisait une peur terrible. Pensez, si un inspecteur était venu à ce moment-là et qu'il l'ait entendue dire « un platane ». Il lui mettait zéro tout de suite.

Il fallait nous entendre tous ! Sa petite voix qui disait : masculin, et toutes nos grosses voix qui répétaient : féminin. On se serait cru à la messe.

À la fin, elle s'est un peu énervée et elle a pris le dictionnaire. Eh bien, il paraît qu'à Paris, où on fait les dictionnaires, les gens disent *un* platane.

On est restés tout drôles et elle a voulu nous consoler.

— Peut-être qu'à Marseille, vous dites : une platane. Et, au fond, pour les plantes et surtout pour les choses, on ne voit pas pourquoi une chose est féminin et une autre masculin.

Elle était si gentille que lorsqu'elle a dit :

— En effet, pourquoi *une* armoire ? Qu'est-ce qu'il y a donc de féminin dans une armoire ?

Amador a levé le doigt :

— Des robes, maîtresse...

Je ne l'aurais jamais cru si intelligent.

Mais on n'a rien trouvé pour expliquer *un* platane. Bombana a bien dit :

— Parce que c'est gros, parce que c'est fort...

Mais quand le platane est jeune, qu'il commence à être platane et qu'il n'est pas plus gros qu'une asperge, on l'appelle bien *un* platane. Alors ?

Alors, c'est incompréhensible. La demoiselle nous a conseillé d'avoir moins d'imagination et de retenir bêtement « platane : masculin ; casserole : féminin ». Qu'est-ce qu'elle a voulu dire ?

CHAPITRE VII

Ce matin, vers onze heures, j'ai eu une faim terrible. J'aurais mangé mon bureau en le faisant craquer sous mes dents tellement j'avais faim ! Je ne pouvais plus tenir. Alors, j'ai tenté le coup. J'ai levé le doigt. La demoiselle était assise au bureau et elle regardait par la fenêtre en attendant qu'on ait fini l'exercice de grammaire. Je ne sais pas ce qu'elle voyait, à part les platanes et les cabinets, mais elle souriait sans arrêt... et même elle ouvrait un peu la bouche comme si elle parlait. Et elle faisait oui avec la tête, et elle souriait encore, et elle levait les sourcils d'un air étonné.

Alors j'ai fait claquer mes doigts et j'ai crié :

— Maîtresse, j'ai avalé le capuchon de mon stylo !

Oh ! là ! là ! Si vous l'aviez vue ! Elle

a sauté sur ses pieds, elle a bondi vers moi, elle m'a attrapé par la main, elle m'a tiré dehors que je volais ! On aurait dit que j'étais un drapeau : j'étais presque horizontal.

On est sortis de l'école, on a traversé la place, on est entrés chez le boulanger, et elle a dit :

— Vite, monsieur, donnez-lui une brioche. Mange la brioche, François.

Je l'ai dévorée, cette brioche. C'était la meilleure brioche de ma vie ! La demoiselle me regardait manger en se tenant le cou avec la main comme si elle avait mal.

Quand j'ai eu fini, elle s'est penchée vers moi et elle m'a demandé avec une petite voix :

— Tu le sens toujours ton capuchon ?

J'ai mis le doigt sur mon cœur et j'ai dit en soufflant comme si j'allais mourir :

— Il est arrêté là. Je le sens qui me pique. Aïe ! il est sûrement en train de me percer...

— Tu vas manger une autre brioche.

Alors, j'ai baissé les yeux et j'ai dit :

— Peut-être que le pain au chocolat, ce serait mieux.

Après le pain au chocolat, j'ai mangé un pain aux raisins, mais j'ai eu tort de vouloir le chausson aux pommes. Mémé Za dit toujours que c'est un étouffe-chrétien. Il est resté bloqué dans mon gosier et j'ai perdu la respiration.

Quand elle m'a vu rouge comme un piment, la demoiselle s'est mise à me taper dans le dos, et plus elle tapait, plus je toussais. Alors le boulanger et la boulangère ont crié :

— Vite, il faut lui mettre la tête en bas à ce petit.

Ils m'ont mis la tête en bas... Et je te secoue, et je te balance. Je semblais [1] une lessive un jour de mistral. Sans le chausson aux pommes qui faisait bouchon, la brioche, le pain au chocolat et le pain aux raisins seraient retombés par terre. Mais le chausson tenait bon et, à la fin, fatigués de me secouer, ils m'ont remis sur mes pieds. Je n'étais plus rouge, j'étais vert. J'avais la tête qui tournait, et comme ils se demandaient ce qu'ils pourraient bien encore me faire pour me sauver la vie, j'ai vite crié :

1. À Marseille, employé pour « ressemblais à ».

— Le capuchon, je crois bien que c'était une idée... rien qu'une idée...

Alors, la demoiselle a pincé les lèvres et elle a payé tous les gâteaux. En sortant du magasin, je me suis retourné ; le boulanger et la boulangère, ils rigolaient en se regardant. Ils avaient compris.

CHAPITRE VIII

Ce matin, on a bien ri, même Amador. Bien sûr, il a commencé à rire deux minutes avant le cri de la vache à dix heures, et nous, on riait déjà depuis neuf heures. Mais, tout de même, qu'il ait ri, c'est un miracle !

À neuf heures, la demoiselle a décidé que nous ferions une dictée. Elle a pris un livre et elle nous a lu la mort d'un chameau dans le désert. C'était d'un triste !

Puis elle a dicté l'histoire en se promenant dans la classe avec son parfum. Elle s'arrête, et le parfum s'arrête. Elle se penche, et le parfum se penche. Pinabel me flanque un coup de pied sur le pied pour que je le regarde. (J'ai oublié de vous rappeler que Pinabel est toujours mon voisin de bureau. Sauf quand ça le prend de temps en temps, il est plutôt tranquille, on s'entend bien et il a toujours une grosse provision de malabars dans ses poches, « de quoi soutenir un siège », dit mon papa.)

Donc, Pinabel me flanque un coup de pied. Je le regarde. Il lève les yeux en l'air, il remue les paupières, il tortille sa bouche comme une fille qui fait des gnans-gnans, il frétille sur le banc.

— Qu'est-ce qui t'arrive ?

— Le parfum...

— Quoi, le parfum ?

— Le parfum !

On a beau parler à voix basse, la demoiselle nous a entendus. Elle vient droit sur nous.

— Qu'est-ce qui vous arrive ?

— C'est Pinabel qui a les convulsions !

— Mon Dieu !

Elle lui met la main sur le front. Elle se penche sur lui. Elle est tellement penchée qu'elle me le cache. Je ne vois plus que le coin de sa bouche : il sourit comme s'il était au Paradis. Elle s'en aperçoit, elle se relève et le secoue.

— Tu n'as pas honte, dis, de faire l'idiot ? Applique-toi plutôt. Tu as vu cette écriture ?

Et la voilà qui part sur nos écritures.

Elle lève les bras en l'air, elle pousse des exclamations. Tout un cinéma.

— Les pauvres lettres ! Qu'est-ce qu'elles vous ont fait pour que vous les traitiez ainsi ? François, regarde tes *o*. À quoi ils ressemblent ?

Je les regarde bien, puis je lui réponds :

— À des œufs durs un peu écrasés.

— Et tes *t* ?

Je les regarde bien.

— À des types qui ont reçu une flèche dans le ventre.

Cette fois, elle rit. Ça l'amuse. Elle continue.

— Et tes *s* ?

— À des asticots.

Ils voudraient tous voir mes *s*. Ils se dressent.

— Asseyez-vous !

Ils ne sont pas contents. Alors elle m'envoie au tableau et j'écris des *o*, des *t*, des *s*, des *j*. Mais ils ne rient pas. Ils ont l'habitude. La demoiselle l'a compris tout de suite, et elle braque son doigt sur nous, comme un pistolet.

— Petits bandits, vos cahiers sont tellement pleins de ces pauvres lettres esquintées qui se traînent de ligne en ligne que vous n'avez plus la moindre émotion à les voir ainsi massacrées. Vous ne savez même plus ce qu'est une lettre en bonne santé.

Alors, là, je me mets à dessiner sur le tableau un *o* parfait, si beau, si rond, si plein, qu'ils se mettent tous à rigoler tellement il leur semble bizarre.

— François, puisque tu sais encore à quoi ressemble un vrai *o* en bonne santé, passe donc dans les rangs et dis-moi dans quel état se trouvent les *o* martyrisés par ces petites brutes ?

Je me précipite et, tous, ils me tendent leur cahier en rigolant, tellement ils ont hâte de savoir quel écrabouillage ils ont réussi.

— Un pneu qui se dégonfle... une figue molle... un crâne fendu en deux... une tomate écrasée.

Et, tout à coup, je m'arrête et je dis à la demoiselle :

— Maîtresse, si les lettres se vengeaient, qu'est-ce qu'on prendrait !

— Et comment ça ?

— Eh bien, pendant qu'on écrit, les *l* et les *f* qui ressemblent à des raquettes nous enverraient les points des *i* sur la figure.

Les *t* sortiraient leur barre comme un poignard et nous la planteraient dans les doigts... Les accents s'envoleraient et nous tomberaient dans les cheveux comme des aigles.

Elle me regarde et secoue la tête pour dire non.

— Il n'y a aucun danger, parce que les points sur les *i* et les accents, il n'y en a pas un seul dans vos cahiers !

Elle était toute contente d'avoir trouvé ça et elle riait en nous regardant tous. Et nous, on riait de la voir rire. Mais j'ai continué car il me restait les autres lettres :

— Et elles nous jetteraient les *o* à la tête comme des cailloux... Elles tireraient les lignes des cahiers pour nous ficeler avec. Ça serait terrible. Quand on serait ficelés, les *f* majuscules qui ressemblent à des clés à molette viendraient nous pincer le nez et les *m* et les *n* grimperaient sur nous comme des fourmis rouges... Et Amador serait mangé vivant.

C'est à ce moment-là qu'il a ri.

— Par quoi je serais mangé ? J'ai rien écrit.

Heureusement pour lui, la vache a crié

juste à la seconde où la demoiselle venait de découvrir qu'il n'avait même pas encore ouvert son cahier de dictées.

La vache a crié. On est tous sortis en criant plus fort et la demoiselle est restée seule devant le banc d'Amador qui avait disparu.

CHAPITRE IX

Hier, j'ai trouvé un nom pour la demoiselle. On sortait encore d'une dictée. Elle nous tue avec ses dictées ; une n'attend pas l'autre, et j'ai dit aux copains : « Cette Bibounette, elle nous fera mourir avec ses dictées ! »

Pourquoi Bibounette ? Je n'en sais rien. Ça m'est venu comme ça. J'ai dit « Bibounette », et on a tous rigolé. Et le plus fort, c'est que c'est un nom qui lui va bien : Bibounette !

J'étais tellement fier d'avoir trouvé un nom à la demoiselle qu'en arrivant à la maison j'ai dit à mémé Za : « Il faut qu'on donne un nom au fourgon. »

Avant de recopier la réponse de mémé Za, je vous explique vite ce qu'est le fourgon. Papa et maman fabriquent de la pizza[1] dans un fourgon Citroën. Ils ont installé dedans une vraie cuisine avec un four à bois en brique rouge et une tablette pour rouler la pâte. Sur les étagères, ils ont rangé des bocaux d'anchois, d'olives noires et de champignons ; sous la tablette, le seau de farine, le carton aux fromages et les cageots de tomates et d'oignons.

Mais le plus beau, c'est l'ouverture ! Sur l'autre côté du fourgon, en face du four, il y a un volet de deux mètres qui se rabat. Et pendant que papa fait la pizza, maman se tient appuyée à cette fenêtre et fait des sourires aux gens qui passent sur la place des Moulins. On dirait un théâtre. C'est qu'elle est jolie, maman ! Elle a des yeux noirs qui brillent comme des olives trempées dans l'huile et des fossettes dans les joues quand elle rit. C'est bien simple, tout le monde s'arrête pour la regarder et tout le monde repart avec une pizza.

Sur le toit, papa a planté un tuyau avec

1. La pizza est une sorte de tarte salée, cuite au four, avec une garniture de tomates, d'olives, d'ail, accompagnée d'anchois ou de fromage au goût du client.

un capuchon pointu. Quand il allume le four, il en sort une fumée terrible !

Mais ce fourgon n'a pas de nom. Papa l'a simplement peint en blanc et il a écrit PIZZA en grosses lettres rouges sur le volet rabattu. À la maison, on dit : le fourgon. Ce serait mieux s'il avait un nom à lui.

Et maintenant voilà ce que mémé Za m'a répondu quand j'ai dit : « Il faut qu'on donne un nom au fourgon. »

— Tu n'es pas fada [1], ma Nine ?

J'ai compris qu'elle ne comprenait pas mon idée, et quand mémé Za ne comprend pas tout de suite, ce n'est pas la peine de se lever l'âme pour lui expliquer les choses. On la laisse sur son idée et on va chercher quelqu'un qui comprend mieux : mamie Marie-Louise, par exemple. Elle m'écoute, elle. Elle n'arrête pas de m'écouter en ouvrant des yeux qui m'adorent. Oui, mais comme elle a peur de mémé Za, elle n'ose rien faire, sauf, des fois, en cachette, quand elle a gagné au loto, elle me glisse dans la poche un paquet de malabars. Mamie Marie-Louise pourrait comprendre mon idée parce

1. Fada : un peu fou, un peu simplet, un peu nigaud.

PIZZ

qu'elle travaille dans une boutique de panisse [1] de la rue Longue et que cette boutique a un nom : *À la bonne panisse*.

J'ai attendu le soir. Le lundi, papa et maman rentrent de bonne heure. Ce soir-là, les gens du quartier changent de menu : pas de pizza !

Quand on a tous été à table, j'ai dit :

— Il faut donner un nom au fourgon. J'en ai trouvé un.

Voilà leurs réponses :

Mémé Za : « Encore ! Il est vraiment fada, ce petit ! »

Maman : « Quel nom tu as trouvé, mon chéri ? » (Vous voyez la différence !)

Papa : « Dis-le-nous vite que je le peigne sur le fourgon. »

Mamie Marie-Louise : elle n'a rien dit, mais elle me regardait avec des yeux qui me disaient : « Vas-y, Chichois, n'aie pas peur ! »

Alors, moi : « Olivette ! »

Ils se sont tous regardés comme si j'avais

1. Panisse : rouleau de farine de pois chiches cuite, que l'on découpe en rondelles et que l'on fait frire. À Toulon, cela s'appelle la cade, à Nice la socca.

parlé chinois. J'ai vu tout de suite qu'Olivette ne leur plaisait pas. Alors j'ai vite crié avant qu'ils crient. (On parle fort dans la famille. On a toujours l'air de se disputer.)

— « Fromagette ! »

Alors mémé Za a poussé un soupir qui a fait des vagues dans sa soupe.

— Il n'est pas fada, ce petit, il est fou !

Maman m'a dit gentiment :

— Voyons, Chichois, ce n'est pas une crémerie que nous avons.

Vite, j'ai tout lâché à la file :

— « Farinette !... Anchoïette ! Aillette !... »

— Eh bien, a dit mon papa, tu en as une provision !

— « Olivette... Fromagette... Farinette... Anchoïette... Aillette... »

Mémé Za récitait mes noms en rigolant, et elle ajoutait : « Ette... ette... ette... ette... »

On aurait dit qu'elle avait le hoquet. Elle ne s'arrêtait plus... Et elle riait ! Moi, je pensais à Bibounette et tout à coup j'ai crié :

— « Bibounette ! »

Mémé Za a arrêté net son hoquet. Mon

papa a secoué la tête avec l'air de dire : « Tiens, tiens, tiens, ce n'est pas mal, ça ! » Maman a souri... et c'est mamie Marie-Louise qui a élevé la voix, toute seule, comme une grande personne. Elle a dit :

— C'est joli, Bibounette. Les gens retiendront...

Mémé Za a haussé les épaules et elle m'a vexé d'une façon terrible.

— Mais c'est un nom de dentifrice pour bébé, ton Bibounette ! Quand on a un beau fourgon comme le vôtre avec dedans une belle fille comme Stéphanette, on l'appelle *À la belle pizzaïola*[1].

Papa s'est mis à rire.

— Je le peindrai avec des fleurs. Lesquelles tu veux, Stéphanette ?

Mais maman m'a demandé :

— Tu n'en as pas un autre de nom, en réserve, mon Chichois, parce que moi, ça me gêne cette proclamation !

— Quelle proclamation ? a crié mémé Za.

— À la belle pizzaïola, ce n'est pas une proclamation ?

1. Marchande de pizzas.

— C'est peut-être une proclamation, mais ce n'est pas un mensonge !

En disant ça, mémé Za avait un air superbe, et papa a applaudi. Qu'est-ce qu'il s'amusait !

— Bravo ! bravo !

Mais maman s'est fâchée :

— Damien, si tu peins ça, je te lève la parole[1] !

Alors ils se sont tous mis à crier. Mémé Za disait : « Oui. » Maman disait : « Non. » Papa disait : « Voyons ! » Mamie Marie-Louise ne disait rien. Et moi je me demandais ce que j'allais dire.

Heureusement, à ce moment-là, la télévision a annoncé le film. Mémé Za a crié :

— Taisez-vous, que c'est un western !

Elle adore les westerns, surtout quand il y a des Peaux-Rouges. Elle est toujours pour les Peaux-Rouges. Quand ils encerclent le ranch, elle quitte le canapé et elle s'assoit sur une chaise ; et plus ils avancent, plus elle se rapproche du poste. S'il n'y avait pas la vitre, elle entrerait dans le film.

1. À Marseille : « Je ne te parle plus. »

Personne n'ose lui dire de s'ôter de devant car, à ce moment-là, on s'aperçoit qu'elle a une tête d'Indien avec le nez d'aigle et la figure rouge, et l'air terrible. On dirait la mère du Grand Chef.

CHAPITRE X

Un qui aimerait bien montrer son cahier de textes libres à Bibounette, c'est Bombana : il fait des vers ! Je l'ai vu ce matin quand il a ouvert son cahier fleuri : les phrases étaient alignées comme dans une récitation et il avait encore piqué des fleurs à chaque bout, même que je lui ai dit : « On dirait un cimetière. » Il est devenu rouge à exploser et il a refermé son cahier si fort que ça a fait clac ! et que Bibounette a sursauté en poussant un petit cri très mignon.

En tout cas, à cause d'elle, peut-être qu'Amador va se mettre à écrire. L'autre jour, il a sorti son cahier et il l'a regardé un bon moment. D'ordinaire, il ne regarde rien, il a les yeux qui font roue libre. Aussi, quand je l'ai vu regarder le cahier, je me suis dit : « Il se passe quelque chose dans la tête d'Amador ! Peut-être qu'il va écrire ses rêves ? Avec tout ce qu'il dort, il doit en avoir des stocks en réserve, de quoi remplir un cahier de cent pages. »

Et Grattenoix, vous savez ce qu'il fait, Grattenoix ? Il colle des images dans son cahier, et dessous il écrit ce que c'est. Exemple : une vache. Il écrit dessous : « Une vache. » Il n'a rien compris. Forcément, avec son sang de sanglier ! Bombana, lui, il doit avoir du sang de Victor Hugo.

Tout de même, Grattenoix m'a donné une idée. Je vais illustrer mon cahier, ce sera plus rigolo. Tonton Colline, le frère de papa, me donnera un coup de main, surtout pour faire Bibounette, et maman.

CHAPITRE XI

Aujourd'hui, il m'est arrivé une drôle d'histoire. Une chance pareille, personne ne voudra y croire, et pourtant c'est vrai ! Vous allez voir.

C'est arrivé à midi, à la sortie de l'école. J'avais la grande faim et j'étais tellement léger que je volais presque. Il faut vous dire qu'il y avait le mistral qui me poussait dans le dos. Tout à coup, un petit papier rouge et bleu, qui volait lui aussi, m'a dépassé. Ça m'a vexé. J'ai foncé, et le mistral — on aurait dit qu'il avait parié sur moi — il me poussait de toutes ses forces pour que je gagne. On a fait la course jusqu'au bout de la rue. Le coin du trottoir, c'était la ligne d'arrivée. On est arrivés ensemble, le papier dessous, moi dessus à plat ventre : le mistral m'avait tapé dans le derrière comme dans un ballon de football.

2
RUE
DES
MAUVESTIS
GRAND
CONCOURS
DE
BOULES

Je me suis relevé. J'avais le nez en compote, et mon papier, c'était un billet de la Loterie nationale, des Gueules cassées[1] ! Mémé Za aurait dit : le destin ! Et un billet entier, d'une tranche spéciale ! Un billet qui coûte cent francs !

J'ai regardé derrière moi, personne. En l'air, personne ; avec le mistral, toutes les fenêtres étaient fermées.

Je suis entré dans un couloir pour regarder tranquillement mon billet. Sur le papier, un soldat me regardait aussi : c'était la gueule cassée. Il m'a fait peine, le pauvre ! On s'est regardés un bon moment, et puis je suis sorti du couloir. Je tenais le billet à la main parce que je suis honnête. Eh bien, personne n'est venu me le réclamer. D'ailleurs, je n'ai rencontré personne, ce qui prouve que personne ne courait après le billet.

Alors, avant d'entrer à la maison, je l'ai mis dans ma poche, des fois que mémé Za me le prendrait. C'est un vrai brigand.

1. « Gueules cassées » : association de mutilés de guerre qui a le droit d'apposer sa marque sur un certain nombre de billets et de toucher un pourcentage sur leur prix de vente, au bénéfice des mutilés.

Quand j'étais petit, elle me racontait l'histoire de Gaspard de Bès, le bandit des gorges d'Ollioules, et moi, je croyais qu'elle le connaissait tellement elle l'aimait ! Il tombait des rochers en poussant des cris comme un Peau-Rouge et tous les voyageurs tombaient à genoux en faisant des prières. Il leur prenait tous leurs sous et il les donnait aux pauvres. « C'est beau, hein ? » qu'elle me disait. Comme elle répète tous les jours qu'elle est pauvre, sûr qu'elle va me détrousser, et elle trouvera ça beau ! Moi, je préfère donner. Un beau paquet de millions à chacun, dans son assiette, le soir au dîner quand on est ensemble ! Rien que d'imaginer leurs figures, je riais tout seul sur le trottoir.

Je n'ai pas pu continuer mon histoire, hier soir. Mémé Za avait la colique et j'ai dû sortir des cabinets en cachant mon cahier sous mon tricot. Maintenant elle est descendue acheter des saucisses. Elle en a pour un bon moment. C'est le père de Bombana qui vend les saucisses, et sa boutique, pour mémé Za, c'est comme le papier tue-mouches pour les mouches. Quand elle y entre, elle n'en sort plus. Elle reste collée au comptoir.

J'ai caché mon billet dans ma chaussette, mais j'ai du souci. Comment est-ce que je vais savoir si j'ai gagné ? Le journal, mémé Za l'achète tous les matins mais, après midi, elle le passe à la voisine qui le passe ensuite au voisin et on ne le revoit plus. Et moi, à midi, avec mémé Za qui ne pense qu'à me faire manger, comment je pourrais m'échapper dans les cabinets pour lire les résultats du tirage ? Je pourrais lui dire que j'ai mal au ventre, et filer à toute allure avant qu'elle ait vu que j'ai emporté le journal ; mais elle m'attendra à la sortie avec la tisane, et si je mets le journal sous mon tricot, ça me fera un gros ventre qui craque et elle m'envoie à la clinique pour l'appendicite !

J'entends du bruit dans l'escalier... À demain !

J'ai caché aussi mon cahier. Jusqu'à présent, je le gardais dans mon cartable avec une étiquette : « Cahier de calcul. » Mémé Za a horreur de l'arithmétique, jamais elle ne l'aurait ouvert ; tandis que si j'avais mis :

« Cahier de rédaction », elle me l'aurait pris en disant : « Voyons voir ce que tu racontes là-dedans, petit menteur ! »

Alors je l'ai caché dans la valise. On n'en a qu'une dans la famille et on ne part jamais en voyage, sauf moi, en été, quand je vais en colonie de vacances. D'ici là, mon cahier sera en sécurité. La valise est sur une étagère que papa a installée dans les cabinets, au-dessus de la porte. Je grimpe sur le siège et hop ! je l'attrape ! Mais c'est dangereux. Je l'ai déjà reçue sur la tête et mémé Za a vu la bosse entre mes deux yeux. J'ai dit : « C'est un moustique. »

Elle a levé les bras en l'air.

— Il est fou ce petit ! un moustique au mois de novembre et en ville ! Mais la pollution les massacre, ces pauvres moustiques ! Rien que le fourgon de ton père, il doit en tuer mille par jour. Dis plutôt que tu t'es battu... Mais avec qui ? Cette bosse, tu ne l'avais pas en rentrant de l'école ?

Alors j'ai trouvé une réponse superbe, une phrase du maître qui nous la répète vingt fois par jour. J'ai dit :

— Je me suis battu avec la difficulté !

Vous savez ce qu'elle m'a répondu ?

— Ma Nine, tu n'aurais pas la fièvre, dis ?

Et à maman, quand elle est rentrée, elle a dit tout bas (mais quand elle parle bas, on l'entend à trois mètres et j'étais juste derrière elle) :

— Stéphanette, ce petit, il divague comme mon pauvre Baptistin après son coup de soleil. Il devient bizarre, oui, bizarre !

C'est que j'ai beaucoup de souci.

Je me demandais où il fallait aller chercher les millions du gros lot si je le gagnais. Vire, tourne, j'ai fini par poser la question à Bibounette. Elle s'est moquée de moi.

— Tu ne sais pas lire, François ? Derrière le billet, on te donne l'adresse où les gagnants peuvent encaisser les lots.

J'avais bien vu un gribouillis minuscule derrière le billet, mais je ne l'avais pas lu. Je n'aime pas quand c'est écrit trop petit. Ça me décourage.

Et Bibounette a continué à se moquer de moi :

— De toute façon, on ne donnerait pas cent cinquante millions à un petit garçon de dix ans !

Elle était vraiment vexante. Je lui ai fait des yeux terribles. Alors elle a ri de tout son cœur et elle a encore ajouté :

— Si tu as acheté un billet, ne le perds pas. Le billet est au porteur. Si tu le perds ou si on te le vole, tu ne peux pas porter plainte. Ça aussi, c'est écrit sur le billet mais tu ne l'as sans doute pas lu !

Un souci de plus ! Mon billet, c'est un billet perdu ou un billet volé ?

Le souci était devenu tellement gros que ma tête gonflait avec lui. Je sentais qu'elle allait se fendre en deux, alors j'ai ôté ma pantoufle, puis ma chaussette et j'ai sorti le billet sous le nez de mémé Za. Je lui ai tout raconté : le mistral, la course et l'arrivée à plat ventre sur le billet. Et aussi ce que m'a dit Bibounette : perdu ou volé ? Elle n'a pas hésité une minute : ce billet, c'est un billet perdu, et le porteur, maintenant, c'est moi.

Et pourtant, elle m'a dit une plaisanterie qui m'a redonné le souci.

J'étais en train de lui dire : « Il a un joli numéro, mon billet : 13112. »

Elle s'est mise à crier : « 13 ! Ça porte bonheur ! 13, c'est les Bouches-du-Rhône ! 13112, attends, ma Nine, j'ai une idée. Passe-moi le code postal que nous a donné le facteur, que je le regarde un peu. »

Elle a cherché dans le code et, tout à coup, elle s'est mise à rigoler en se tapant dans les mains.

— 13112 : La Destrousse[1] ! Ô petit brigand ! Ô petit monstre ! Qui tu as détroussé, dis ?

Ça m'a redonné le souci. Je me suis vu voleur. Pourtant, ce billet, il m'est venu dessus comme un papillon.

Je n'ai plus le souci. Mémé Za m'a demandé : « Ce billet, il était en l'air ? » J'ai répondu : « Oui, il volait, haut comme moi. » (Là, on ne s'est pas compris, elle a cru que je volais haut comme le billet ! Alors, avec des gestes, je lui ai fait voir que le billet m'était passé par-dessus l'épaule, il

1. La Destrousse : village des Bouches-du-Rhône proche d'Aubagne.

venait de par-derrière, et il avait continué par-devant, et même, quand j'avais foncé, il avait accéléré, mais j'avais gagné grâce au mistral qui m'avait donné un coup de pied dans les fesses.)

Alors elle a levé les yeux au ciel et elle a dit entre ses dents et avec une force terrible : « Ô Bonne mère, je vous le porterai ce cierge ! »

Et puis elle m'a regardé et elle a ajouté : « Parce que tu vas voir qu'on va gagner. » Elle a tapé aussi sur son journal et elle a dit encore : « D'ailleurs, c'est écrit dans l'horoscope : cette semaine, les Vierge ont de la chance. » Mémé Za, c'est une Vierge, moi je suis Sagittaire, ça se comprend quand on me connaît, mais elle, une Vierge comme la bonne Mère ! Moi, je l'aurais mise Bélier, ou Lion, ou Taureau !)

Puisqu'on allait gagner, il fallait se préparer et mémé Za a dit : « Demain, j'achète un petit carnet et on fait la liste. » J'ai déjà commencé la mienne, par une planche à roulettes et un cheval, un vrai. Je lui dirai ça demain.

Mémé Za et moi, on a l'air de deux

conspirateurs. On se cache dans la cuisine. On ferme la porte et on discute à voix basse. Enfin, pour mémé Za, à voix presque basse.

Et dire qu'en classe personne ne se doute de rien, même pas Bibounette qui devine pourtant chaque fois qu'on a un « chouinegomme » calé derrière une grosse dent du fond. À la maison non plus car mémé Za fait semblant de m'attraper de temps en temps, pour rire, sinon maman et papa croiraient qu'elle est malade et que je suis devenu anémique comme Soulier. Celui-là, c'est un timbre-poste : où on le met, il reste collé, sans bouger ! Tandis que moi...

Dès que j'arrive à la maison, je vais vite faire un clin d'œil à mémé Za. Elle m'en fait dix et elle a les yeux qui brillent tellement qu'on dirait les clignoteurs du fourgon, et personne ne voit rien ! Il faut dire qu'à 5 heures on est seuls tous les deux à la maison, mais parfois elle me fait les clins d'œil à table au milieu de toute la famille. Un de ces jours, maman va lui dire d'aller chez l'oculiste ou chez le docteur qui soigne ceux qui ont des tics. Pourvu que ça ne lui reste pas, après.

Je n'ai plus le temps d'écrire dans mon cahier parce que nous remplissons le carnet, mémé Za et moi, à midi et à 5 heures. Je raconterai tout après le tirage... Dans une semaine.

J'ai retrouvé du temps pour écrire dans mon cahier : mémé Za et moi, on est fâchés. Elle m'a levé la parole, et moi, je ne l'embrasse plus avant de partir à l'école. C'est terrible. On va peut-être faire une dépression nerveuse tous les deux.

Pourtant, au début, on ressemblait à deux amoureux. On rêvait ensemble. Dès que j'arrivais de l'école, on s'enfermait dans la cuisine au cas où maman et mamie Marie-Louise seraient rentrées plus tôt que d'habitude et, en mangeant des biscuits, on faisait la liste dans le carnet. Mémé Za écrivait le prix des choses qu'on voulait acheter juste en face et, quand on avait rempli la page, elle me faisait faire l'addition, puis la soustraction, et elle écrivait en haut de la page suivante l'argent qui nous restait. On aurait dit un vrai comptable, et moi, j'étais la machine à calculer.

BISCUITS

Tout de suite, on a acheté une villa au bord de la mer pour les vacances, et même, pour avoir de l'espace, on a acheté la calanque avec. Oh ! une petite calanque entre Marseille et Cassis où il y en a des quantités, mais complète avec la mer, la plage, les pins et les rochers pour l'entourer. Moi, j'aurais voulu acheter une île déserte comme M. Touminou [1], mais mémé Za craint le mal de mer et, depuis le terrible coup de soleil attrapé par pépé Baptistin près du château d'If, elle dit que les barques, pour elle, c'est des cercueils ! Tout de même, elle a bien voulu qu'on achète un bateau à voiles pour papa et pour moi, et pour maman aussi, si elle veut venir avec les hommes de la famille.

Là, il y a eu un problème. Si papa et moi et maman, on vient à la calanque en bateau, qui est-ce qui conduira mémé Za à la villa ? On avait acheté l'auto, bien sûr, mais qui serait le chauffeur ?

J'ai dit à mémé Za d'apprendre à conduire ou bien d'envoyer mamie Marie-

1. Sympathique héros d'un roman de Suzanne Pulicani, qui achète une île déserte en solde dans un grand magasin.

Louise à l'auto-école. Elle a levé les bras au ciel !

— Tu la vois, ma fille, au volant d'une auto ? Mais on n'arriverait jamais ! Elle laisserait passer tout le monde. Elle irait dans le fossé, même, pour laisser la place aux autres !

Sûr qu'avec mémé Za au volant la voiture foncerait à cent à l'heure ! Elle irait si vite que les bornes kilométriques, elles feraient parapet ! Seulement, si mamie Marie-Louise risquait d'aller dans le fossé, mémé Za, sûrement, elle irait dans la platane[1] !

Alors, je lui ai dit : « On revend le bateau et on achète des pédalos. Comme ça, on ne sera pas tentés de venir par la mer. On montera tous dans la voiture et c'est papa qui conduira. »

Une fois qu'on a eu tout arrangé pour les vacances et les vouiquindes[2], il nous restait deux cents millions. J'ai dit :

— On fera le tour du monde.

Mémé Za a répondu :

1. Chichois a oublié la leçon de grammaire de Bibounette.
2. En anglais : *week-ends*.

— Attends, attends un peu ! Avant, on achète un magasin à tes parents.

Elle voulait une charcuterie, j'en étais sûr ! Moi, je voulais un magasin de jouets.

— Ça ne m'étonne pas ! qu'elle m'a dit ; mais tu les ruinerais en quatre jours, les pauvres !

Quatre jours ! On voit qu'elle n'a jamais fait le tour d'un magasin de jouets : il y a des jeux pour s'amuser cent ans !

Comme on allait se disputer, j'ai vite dit :

— Et si on les laissait choisir ce qui leur plaît ?

Elle a hoché la tête avec l'air de quelqu'un qui n'a pas confiance, puis, finalement, comme elle allait avoir la migraine à force de réfléchir, elle a dit :

— Je mets cinquante millions de côté pour eux. Ils se débrouilleront.

Alors, j'ai tout à coup pensé à Gaspard de Bès.

— Mémé, on ne fera pas comme Gaspard de Bès ?

— Qu'est-ce que tu dis ?

— L'argent, il le donnait aux pauvres.

— Oh ! oh ! oh ! oh !... (Elle a fait au

moins dix oh ! sur tous les tons et de plus en plus fort. On aurait cru qu'elle était bouchée et que, le bouchon, il ne voulait pas sortir, et puis tout à coup il a sauté !) D'abord, il ne donnait pas tout, et puis c'était de l'argent volé : en le redonnant, il se rachetait un peu.

J'ai demandé combien il se rachetait. Elle a levé les bras en l'air en criant qu'on ne m'apprenait rien à l'école, surtout pas le français !

Heureusement, à ce moment-là, papa et maman sont arrivés. Ils étaient tout gais et ils riaient depuis le bas de l'escalier. D'ailleurs, ils sont toujours contents et, dans l'escalier, ils jouent à se rattraper. Maman dit que ça lui fait de l'exercice après une journée dans le fourgon et que, monter un escalier, ça vous fait un bon cœur. C'est pour ça qu'elle m'aime tellement en plus de papa, de mamie Marie-Louise, de mémé Za.

Et puis, pour les rendre gais, il y a leurs clients. Ce soir-là, ils nous ont raconté qu'ils en avaient deux nouveaux, pas ordinaires, un monsieur et une dame. Maman a dit :

— Oh ! lui, il a une jolie petite barbe blonde et des yeux de Jésus !

Papa, c'étaient les cheveux de la dame qui lui avaient plu. Ils étaient tellement frisés que sa tête ressemblait à un porte-tire-bouchons.

Ma Douleur (c'est le marchand de chichi-fregi [1] ; on l'appelle comme ça parce qu'il est toujours en train de se plaindre) a expliqué que ce devaient être des artistes et que le quartier du Panier allait devenir à la mode comme Montmartre à Paris. Eh bien, malgré ça, mémé Za veut partir, et c'est le lendemain de cette histoire d'artistes qu'elle m'a flanqué ce coup de surprise. Vous allez voir comme elle a de drôles d'idées.

Je continue. Ça s'est passé comme ça, samedi à midi. J'arrivais juste de l'école, et je trouve mémé Za dans la cuisine, assise à lire le journal, la page des annonces... Elle me dit sans me regarder, tellement elle est occupée à traduire ce charabia (essayez un peu de lire des annonces ; on dirait du chinois : « J. H. Ch. ch. e. V. P. M. » ! ! !

— Assieds-toi, ma Nine, je crois que j'ai trouvé ce qu'il nous faut.

1. Chichi-fregi : longs beignets frits à l'huile, mous et sucrés.

— Ce qu'il nous faut pour quoi faire ? que je lui demande.

— Ce qu'il nous faut pour appartement. On ne va pas rester ici, qu'il n'y a pas d'ascenseur, pas de chauffage central, pas de téléphone...

Moi, je hausse les épaules. On a besoin de tout ça ? On est bien ici, mais elle ne me regarde pas, elle est plongée dans son journal. Et tout à coup elle crie :

— Bon ! Eh bien, nous en avons trois !

— On va en acheter trois ? On vivra plus ensemble !

J'étais épouvanté, mais mémé Za s'est mise à rire.

— Qu'il est bête, ce petit ! J'en ai choisi trois pour qu'on en choisisse un !

Je suis peut-être bête, mais elle, elle est compliquée ! Quand je ne comprends pas, j'ai toute la figure qui se fronce, comme un chiffon, et vite on m'explique, tellement on a peur que je reste fripé.

— Écoute bien, ma Nine, je vais te lire les trois annonces d'appartements à acheter, et tu me diras lequel des trois tu préfères. Moi, j'hésite.

Et elle m'a lu les trois annonces. Depuis, on est fâchés !

Le premier appartement, il était quillé [1] en haut du Grand Pavois, au dix-septième étage, sur l'avenue du Prado. Le deuxième, sur la colline de Notre-Dame-de-la-Garde, près de la maison de l'évêque. Et le troisième, en haut de la Canebière.

Avec qui vous voulez que je joue, moi, dans ces quartiers ? Au Prado, il n'y a pas de petits ; à Notre-Dame-de-la-Garde, l'évêque, il n'a pas de petits ; et sur la Canebière, les autos écrasent les petits.

Alors, j'ai dit non et j'ai expliqué pourquoi. Mémé Za ne s'est pas mise en colère, elle m'a regardé en souriant de l'air de quelqu'un qui vous réserve une bonne surprise.

— Des petits pour jouer, tu en auras, ma Nine.

— Et où je les prendrai dans ces quartiers ?

— Tu les prendras là où tu vas aller, en pension.

Oui, elle avait trouvé ça, mémé Za ! Pour que je sois instruit et distingué, elle

1. Mot marseillais : perché au sommet de...

voulait m'envoyer en Angleterre ou en Suisse. À la télévision, elle avait vu un film qui se passait dans une pension anglaise, et ce petit carton noir qu'ils ont sur la tête, avec un pompon qui pend, lui avait plu. Elle trouvait que ça faisait sérieux. Moi, je trouvais qu'ils ressemblaient à des guignols, oui !

— Tu iras à Oxford !

— Non.

— Si.

— Non...

— Alors, tu iras en Suisse comme les petits de Charlot [1].

— Il fait trop froid. Je veux rester ici avec mes copains.

L'idée de les quitter, monsieur Pardigon, ça me fendait le cœur. Mais mémé Za n'est pas sentimentale, aussi je ne lui ai pas dit que j'avais le cœur fendu. Je lui ai dit :

— Tu es un tyran. Déjà tu n'as pas voulu m'acheter le ranch, la moto, la planche à roulettes... et tu veux m'envoyer là-bas dans le Nord !

1. Charlie Chaplin, célèbre acteur de cinéma, qui s'était retiré en Suisse.

Vlan ! j'ai reçu un coup de torchon. Vlan ! un autre.

Je suis parti dans les cabinets et j'ai fait une crise de colère.

Quand je suis sorti, la porte de la cuisine était fermée. Mémé Za, aussi, devait faire sa crise. On ne se parle plus. Même pas bonjour, bonsoir. Elle ne me guette plus, le midi, à la fenêtre. Elle ne me fait plus de flan. On mange dans la salle à manger et elle met la télévision. Ça fait quatre jours qu'on regarde les chanteurs et les informations, c'est mortel. Je vais faire la dépression nerveuse, et mémé Za aussi.

CHAPITRE XII

À midi, mémé Za m'attendait à la fenêtre comme avant, et elle m'a fait de grands signes. Alors, j'ai eu une grosse émotion. De sûr, on avait gagné, et ça m'a coupé l'appétit.

J'ai monté l'escalier sur des jambes en flanelle. Mémé Za a ouvert la porte. Elle riait.

— Ma Nine, ma Nine, on a perdu !

Alors, j'ai poussé un de ces soupirs de soulagement que, si j'avais été sur le port, j'aurais fait partir tous les bateaux à voiles...

Mémé Za m'a serré sur son cœur, si fort que j'ai failli rester coincé dans sa poitrine. J'ai même entendu son cœur. On aurait dit une bombe à retardement, comme au cinéma. Il faisait des toc ! toc ! terribles. Mais elle n'a pas explosé. Pourtant elle était contente ! Et moi aussi !

Elle avait mis le couvert dans la cuisine comme avant, et on a mangé du saucisson, des spaghetti, de la brousse du Rove[1] et du flan au chocolat.

Mémé Za me regardait manger comme si elle avait failli me perdre.

Et puis on a parlé.

— Ça m'aurait ennuyée, au fond, de quitter le quartier, m'a dit mémé Za. Changer de commerçants, de voisins, pour trouver quoi à la place ? Tiens, ce saucisson, il n'y a que Bombana pour en faire un comme ça. Et son jambon cru ? Ah ! il s'y connaît en cochon ! Il n'a pas son pareil, même sur la Canebière !

— Moi, c'est les copains... On s'amuse bien ici. Même Amador, ça m'aurait fait peine de le quitter.

L'après-midi, on est allés au Jardin zoologique voir les singes et les dauphins, et on a mangé des cacahuètes, un plein sac, en partageant avec les singes.

Mémé Za m'a payé un tour de poney, un tour en chariot, un tour à bicyclette, et

1. Fromage frais au lait de chèvre, très apprécié à Marseille.

on est même entrés au Musée. On a regardé toutes les peintures et mémé Za a dit qu'autrefois les peintres peignaient si bien que leurs peintures ressemblaient à des photographies. Moi, je préfère Picasso, c'est plus rigolo.

On est rentrés en se tenant par le bras. Demain, nous irons à l'Opéra, voir *Faust*.

Et ce soir, c'est bizarre, mais ce qui me soulage surtout, c'est de penser qu'on n'a volé personne puisque ce billet ne vaut rien du tout.

CHAPITRE XIII

Hier, comme elle me l'avait promis, mémé Za m'a mené à l'Opéra voir *Faust*.

J'y étais déjà allé, une fois, quand j'étais petit. J'avais monté des escaliers et des escaliers, tous en marbre, et j'étais arrivé en haut, sur un balcon rempli de fauteuils en velours. En bas, il y avait des gens qui bougeaient, et je faisais tomber les papiers des bonbons, comme des papillons, sur leurs têtes. Mémé Za m'avait tapé et je m'étais endormi. J'étais trop petit pour comprendre.

Mais cette fois-ci j'ai tout regardé et j'ai tout vu.

C'est beau, l'Opéra. C'est plus grand qu'un cinéma. Vu d'en bas, c'est haut. Vu d'en haut, c'est profond.

Mémé Za va toujours en haut. Elle m'a expliqué pourquoi en montant l'escalier.

— D'abord, c'est moins cher. Et puis les vrais amateurs d'opéra vont toujours au poulailler. Tu comprends, les voix des chanteurs montent, et là-haut on n'a plus qu'à se les prendre dans l'oreille quand elles arrivent.

Je l'écoutais et je me disais dans ma tête que, la première fois, on n'avait pas dû aller dans ce poulailler car je m'en serais bien aperçu. J'étais intrigué et j'ai fini par poser la question à mémé Za.

— Qu'est-ce qu'elles font, les poules, là-haut ?

Ah ! monsieur Pardigon, le rire qu'elle a poussé, mémé Za, il est monté tout droit en haut de l'Opéra, et si quelqu'un l'a pris dans l'oreille, il a dû tomber à la renverse dans son fauteuil ou dans la salle.

— Petit fada, le poulailler, c'est le dernier balcon du théâtre, le balcon des vrais amateurs d'opéra.

Il paraît qu'on l'appelle aussi le paradis, mais mémé Za... préfère poulailler. Moi aussi, c'est plus rigolo.

Là-haut, on a retrouvé ses amies. Je ne vous l'ai pas encore dit, mais mémé Za est une ancienne partisane[1]. Elle vendait de l'ail et des oignons au marché du cours Julien. Elles étaient quatre qui l'attendaient, toutes des partisanes encore en activité.

Alors, j'en ai entendu des : « Oh ! le beau petit ! Qu'il a grandi ! Comme il a profité ! » Elles aussi, elles avaient bien profité, sauf une, toute petite et toute maigre, qui me faisait penser à Grelon.

Elles nous avaient gardé deux places au premier rang. On faisait la brochette. Moi, j'étais coincé entre mémé Za et madame Pessuguette.

Et pendant qu'elles se parlaient pardessus ma tête, je reniflais l'air. Il me venait des odeurs de légumes comme si quelqu'un était en train de préparer la soupe derrière nous. Tout à coup, j'ai compris qu'elles venaient des quatre partisanes. Une sentait l'ail, l'autre le poireau, l'autre la pomme de terre, et la dernière, au bout de la brochette, elle sentait la mandarine. J'aurais préféré être près d'elle, car Mme Pessuguette, c'était l'ail !

1. Revendeuse de fruits et légumes sur les marchés marseillais.

Mémé Za racontait que, lorsqu'elle était petite comme moi, tout le poulailler était plein de partisanes.

— Et ce pauvre petit, il n'en aura plus vu que cinq ! Quand tu seras grand, Chichois, tu diras : « De mon temps, à l'Opéra, il y venait encore cinq partisanes, les cinq dernières ! »

Alors j'ai dit comme ça :

— De ton temps, ça devait sentir bon ici. On devait se croire à la campagne.

Mme Pessuguette a regardé mémé Za par-dessus ma tête et elle a dit :

— Qu'est-ce qu'il raconte, ce petit ?

— Ma foi, il y a des moments où il est bizarre...

A cause de la sinusite, mémé Za a perdu l'odorat.

Mais, pendant ce temps, il se faisait un tintamarre terrible en bas.

J'ai dit à mémé Za :

— Ils jouent faux, les musiciens.

Elle a haussé les épaules.

— Mais non, ma Nine, ils s'accordent !

Ils s'accordaient ! Mais il n'y en avait pas un qui jouait dans le même sens que les autres ! On aurait dit un paquet de chats qui miaulaient.

Il a fallu que le chef arrive avec une baguette et qu'il tape un bon coup pour qu'ils se calment. Alors toutes les musiques se sont collées ensemble au lieu d'aller dans tous les sens, et mémé Za a dit :

— Écoute, ma Nine, c'est l'ouverture.

C'était l'ouverture, mais le rideau restait fermé.

Les amies de mémé Za se passaient les jumelles. Je me demandais pourquoi puisqu'il n'y avait rien à voir, mais la petite maigre a dit :

— Ce rideau, c'est quand même de la belle étoffe !

Elles cherchaient peut-être une reprise ! Mais mémé Za a fait chut ! et juste à ce moment, le rideau s'est levé.

Je ne vais pas vous raconter *Faust*, ça ferait une belle rédaction, mais c'est trop long, et tout à l'heure mémé Za va revenir de la charcuterie.

J'ai juste le temps de vous en donner une petite idée au cas où vous ne connaîtriez pas l'histoire.

Au début, on est chez un vieux savant.

Rien que des fioles, des livres et des toiles d'araignée. Le vieux savant marche plié en deux comme s'il cherchait quelque chose par terre. Il cherche la jeunesse, mais elle n'est pas par terre. Elle est dehors... On entend la jeunesse qui chante dehors.

Alors, il crie : « À moi Satan ! »

La musique fait : boum ! boum ! boum ! Les plombs sautent. Il fait tout noir. Et le Diable gicle du plancher.

Je dis à mémé Za : « Comment il a fait ? »

Elle me dit : « Tais-toi. »

Et pendant ce temps, le Diable donne la jeunesse au vieux savant. Et vous savez comment ? Il ouvre sa cape rouge. On ne voit plus le savant. Puis il la baisse, il se lève de devant et on voit un homme qui remue en chantant : « Je suis jeune ! »

Il est drôlement habillé, avec une barboteuse jaune, des collants verts et un chapeau à plumes blanches.

Mémé Za soupire. Les autres partisanes aussi. Peut-être que ce soir, à la maison, elles vont crier : « À moi, Satan ! » pour qu'il vienne les rendre jeunes !

Mais vous savez, une fois jeune, ce

Faust, il n'a fait que des bêtises. Je n'ai pas bien compris pourquoi, à la fin, il y a une belle dame en prison, à cause de lui. Marguerite. Elle est en chemise, elle est attachée au mur de la prison, et elle, elle appelle les anges.

Là, c'est très beau. La musique monte. La voix monte. On attend les anges, mais ils ne viennent pas si vite que le Diable, et le rideau tombe qu'ils ne sont pas encore arrivés.

J'étais déçu, mais pas mémé Za. Elle criait : « Bravo ! » en tapant des mains et des pieds avec ses collègues, les partisanes. Et j'ai bien cru qu'elles allaient décrocher le poulailler.

On est rentrés à la maison et mémé Za a rechanté tout l'opéra en faisant frire les sardines.

Je lui ai dit :

— Tu en as de la mémoire pour ton âge !

Elle m'a répondu :

— Ma Nine, quand on aime l'opéra, on y retourne chaque année. *Faust*, je l'ai vu trente fois. Aujourd'hui, c'était ma trentième, oui, ma trentième ! Ça ne me rajeunit pas !

Elle a encore soupiré, et je me suis dit : « Sûr que ce soir elle appelle Satan. »

J'ai bien guetté avant de m'endormir, mais j'avais trop sommeil.

Aussi, ce matin, je suis allé dans la cuisine pour voir la tête de mémé Za. Ça m'aurait fait plaisir de la voir jeune fille. Peut-être elle était jolie comme maman ?

Mais le Diable n'était pas venu, et mémé Za avait l'air d'avoir tout oublié.

J'ai préféré. Au fond, je l'aime mieux comme elle est.

CHAPITRE XIV

Lundi matin, Bibounette nous avait dit, avant la dictée :

— C'est la dernière que vous ferez avec moi !

On avait crié en chœur :

— Ah ! ! !

On était heureux ! Mais elle a ajouté :

— Parce que, demain, ce sera la dernière journée que je passerai avec vous.

On avait crié en chœur :

— Oh !

On était tristes ! Et elle avait encore ajouté :

— M. Pardigon est guéri. Il va revenir.

Là, on n'avait rien crié car on ne pouvait faire ni « Ah ! » ça lui aurait fait croire qu'on s'ennuyait avec elle ; ni « Oh ! » elle aurait cru qu'on était des sans-cœur.

C'est compliqué, la vie.

Mais, à la récréation, on s'était mis d'accord pour lui faire une petite fête.

Et on l'a faite, hier après-midi, de deux heures à cinq heures.

Grelon devait apporter des pétards ; Bombana, deux mètres de saucisses grillées ; Grattenoix, des fleurs ; moi, trois pizzas larges comme des roues d'automobile ; et, avec l'argent de toute la classe, Amador devait acheter le cadeau.

On est arrivés de bonne heure à l'école, avant Bibounette, et on a enlevé tous les bureaux. On les a plaqués contre les murs. Au milieu de la salle, on a mis les fleurs, bien au frais, dans un seau d'eau.

Grelon a distribué les pétards, deux à chacun : un pour l'arrivée, un pour le départ.

Sur la table du maître, on a posé la saucisse, les pizzas et le cadeau.

Sabot, qui est un artiste, a dessiné des guirlandes, des étoiles et des Mickey au tableau... et au milieu il a écrit : « Vive la maîtresse ! »

Soulier, dehors, faisait le guet.

Quand il a levé la main, on a vite préparé les vingt-cinq pétards, et quand Bibounette est entrée, tous, en même temps, ils ont pété !

C'était émouvant. On se croyait à un couronnement de roi.

Par contre, Bibounette, elle, de surprise, a sauté comme une fusée. Pour un peu, elle défonçait le plafond.

Mais, tout de suite après, elle a compris et elle a joint les mains sur son cœur. Alors on s'est tous approchés et Amador lui a tendu le cadeau. Il n'avait pas voulu nous dire ce qu'il avait acheté. On avait donné un franc chacun et il avait dépensé les vingt-cinq francs. Le paquet était gros, plutôt haut. Au moins cinquante centimètres. On était aussi intrigués que la demoiselle… et cet idiot d'Amador avait mis du scotch partout pour bien fermer le paquet. Bibounette n'arrêtait pas de décoller des bouts par-ci, par-là.

Enfin, quand elle a eu tous les bouts de scotch sur son pantalon et sur ses cheveux, elle a enlevé le papier et on a vu.

Amador avait acheté une statue.

Elle était tellement belle que Bibounette est restée sans voix et qu'on a tous crié.

C'était une femme toute nue, et toute bleue.

Amador a expliqué :

— Elle est bleue parce qu'il fait beau aujourd'hui. Quand il va pleuvoir, elle devient mauve.

— Quel beau cadeau ! a dit Bibounette, et puis utile !

La figure d'Amador, elle flambait comme si on l'avait allumée.

Mais déjà la demoiselle, elle regardait les autres cadeaux : les fleurs, la saucisse, la pizza.

On s'est assis par terre et on a tout mangé, sauf les fleurs.

Et puis on est restés la bouche ouverte, de la soif. On avait oublié de quoi boire. Bibounette est vite allée acheter de la limonade et on a bu comme des éponges.

— Et maintenant, nous a dit Bibounette, on va bavarder. Qu'est-ce que vous allez me raconter ?

Silence. On ne savait plus que dire. Alors, j'ai eu une idée.

— Maîtresse, si on vous interrogeait ?

Elle a ri :

— Pourquoi pas ? C'est toujours moi qui interroge... À votre tour maintenant.

On a tous levé le doigt. Elle a encore ri, puis elle a désigné Amador.

— À toi, Amador.

Il était encore rouge de tout à l'heure. Avec une petite voix, il a demandé :

— Quel âge vous avez ?

Elle a un peu levé les sourcils comme si ça l'étonnait, cette question. Pourtant c'est toujours celle qu'on nous pose à nous autres, au début de l'année.

— J'ai vingt-cinq ans.

J'ai vite levé le doigt.

— Où est-ce que vous êtes née ?

— À Aix-en-Provence.

Sabot a voulu savoir son prénom. Elle s'appelle Christine. C'est Bombana qui lui a demandé.

— Vous êtes fiancée ?

Je le savais bien qu'il était amoureux. En attendant qu'elle lui réponde, il ouvrait la bouche comme un poisson qu'on sort de l'eau, et quand elle a répondu : non, il a refermé la bouche dans un sourire qui lui aurait fait le tour de la tête si ses oreilles ne l'avaient pas arrêté.

ALLE
L'OM
MODE D'EMPLOI

On était lancés. On n'arrêtait plus de la questionner. Elle avait une maman, une grand-mère, pas d'arrière-grand-mère.

Elle savait nager, skier, faire du cheval. Elle aimait les choux à la crème et la crème au chocolat.

Quand elle était petite, elle travaillait bien à l'école, mais elle faisait des farces à tout le monde.

Plus on lui parlait, plus on se rapprochait d'elle. Elle riait.

— Vous ne m'oublierez pas ?

On a tous crié : « Non ! »

Alors, elle nous a tous embrassés l'un après l'autre. Grelon a fait un signe. Les vingt-cinq pétards ont pété. Bibounette a encore sauté sur place, mais moins haut que la première fois.

Elle a pris sa statue et les fleurs, et elle est partie avec nous autour d'elle. Mémé Za aurait dit : « Des vraies mouches à miel, ces petits ! » Mais on ne prend pas les mouches avec du vinaigre, et Bibounette c'était du miel.

CHAPITRE XV

Le maître est revenu. À la première heure, ça nous a fait drôle de voir une moustache à l'endroit où il y avait le sourire de Bibounette, mais on s'est vite réhabitués. On se retrouve entre hommes, comme dit papa.

Demain, il relève les cahiers de textes libres. Quand Bombana a entendu ça, il est devenu rouge coquelicot et tout le monde s'en est aperçu. Et de se moquer de lui ! Grattenoix a fait « Schnouff ! schnouff ! » avec son nez, Grelon a fait « Hi ! hi ! » en sautant sur son banc, et Amador a ouvert les deux yeux en même temps. Pourtant, c'est beau, la poésie, et peut-être que Bombana deviendra célèbre. Alors il pourra faire le régime dans un château qu'il achètera, parce que tant qu'il habitera dans cette charcuterie, il mangera du saucisson, et ceux qui mangent du saucisson, au lieu de se mettre à ressembler à un saucisson, ils deviennent ronds comme des salades, tandis que ceux qui mangent des salades, ils deviennent maigres comme des saucisses corses. Mémé Za, qui mange de tout, elle est presque carrée ! Mais la plus jolie, c'est maman. On dirait qu'elle ne mange que des fleurs et des abricots !

Et c'est comme ça que je finis mes textes libres. Ce soir, je vais chez tonton Colline et on fera les dessins, on va bien rigoler tous les deux.

J'espère que vous aussi.

Chichois.

kid POCKET

LES GRANDES HISTOIRES DE LA VIE

Tu as aimé ce livre.
En voici d'autres dans la même collection :

L'oiseau blanc
Clyde Robert Bulla

Tennessee, 1796. Nuit d'orage. Un berceau flotte parmi les joncs. Luc recueille le nouveau-né. L'enfant grandit à ses côtés. Loin de tout. Onze ans plus tard. Nuit d'orage. L'enfant recueille un animal blessé : l'oiseau blanc...

Sarah Ida
Clyde Robert Bulla

Sarah a un sacré caractère et bien des problèmes. Que ce soit avec ses parents ou sa tante Claudia, ça ne va pas du tout. Que veut donc Sarah ? Avoir toujours de l'argent dans sa poche ! Pour cela, une seule solution : travailler pour en gagner...

Gare au carnage, Amédée Petipotage !
Jean-Loup Craipeau

Je m'appelle Amédée Petipotage. Un nom à coucher dehors. Pourtant, moi, j'habite chez mes parents. C'est Clodo, mon copain, qui dort dehors, à la belle étoile. Son dîner, il le cherche dans les poubelles. Et c'est comme cela que tout a commencé.

Ben est amoureux d'Anna
Peter Härtling

Si être amoureux, c'est penser tout le temps à la fille qu'on aime au point d'en avoir mal au ventre, alors c'est sûr, Ben est amoureux d'Anna. Il décide de lui écrire une lettre. Mais Anna ne répond pas. Elle ne dit rien. Ben ne comprend pas pourquoi...

Oma
Peter Härtling

Malgré son âge, Oma a décidé d'élever son petit-fils. Pour elle, la meilleure forme d'éducation, c'est l'amour. Et Kalle le ressent, même si parfois Oma l'embête avec ses histoires du passé, ou le couve un peu trop, Kalle grandit en toute sérénité jusqu'au jour où il réalise qu'Oma n'est pas éternelle.

On l'appelait Filot
Peter Härtling

« Les médecins qui l'avaient examiné affirmaient qu'il ne pouvait pas guérir... Plus tard, il devrait pour toujours aller dans un hôpital. Mais Filot n'en était pas encore là ; et puis ça lui était égal : il n'y croyait pas. »

Vieux John
Peter Härtling

Vieux John accepte de vivre chez ses enfants et petits-enfants, à condition qu'on le laisse s'installer à sa guise. Bientôt toute la maison se met à vivre au rythme des lubies et des excentricités de ce « vieux fou » si attachant.

L'affaire Poupoune
Fanny Joly

Si Rosie est en train de passer le plus bel été de sa vie à la campagne, c'est bien grâce à Poupoune, la petite lapine des fermiers voisins. Et le jour où il faut rentrer à Paris, il n'est pas question que la petite fille abandonne son animal chéri.

Un ordinateur pas ordinaire
Michèle Kahn

En attendant la naissance de son petit frère, Frank est envoyé chez oncle Pierre et grand-père Babbi. Il trouve leur maison en pleine révolution. Désormais, c'est Tetaclac, l'ordinateur de Pierre, qui dirige tout, à sa façon. Et cela crée des situations vraiment pas ordinaires !

Gros Flan
Katharina Kühl

À onze ans, Pit est grand et fort. Mais il n'en a pas toujours été ainsi. Voilà pourquoi il a décidé d'écrire son histoire : « Je mangeais trop, j'étais énorme, et je ne savais rien faire comme les autres enfants. Personne ne s'intéressait à moi. »

Lütt et le secret de la pleine lune
Klaus Kordon

Petit depuis sa naissance, Lütt, neuf ans, a décidé de se battre contre la fatalité, et de gagner des centimètres à tout prix. C'est ainsi qu'un soir de pleine lune, avec l'aide de son ami Johnny, il fait une ultime tentative pour grandir...

Phil et le crocodile
Claude Morand

Je m'appelle Phil, je suis très myope et je n'ai pas d'amis. Enfin ça, c'était avant ma rencontre avec le crocodile. On est drôlement copains tous les deux, il a changé ma vie...

Violon et guitare
Mercedes Neufschäfer-Carlón

Jean-Philippe habite une belle maison, Julien vit dans un immeuble triste. L'un est couvé par sa mère, l'autre se débrouille seul. L'un est timoré, l'autre est chef de bande. Mais ils ont un rêve commun : la musique.

Jitka
Jan Prochàzka

Jitka, onze ans, aime courir avec les autres enfants ou jouer des tours au gardien de son immeuble. Un jour, alors qu'elle poursuit un chat sur le mur d'enceinte de l'hôpital, elle remarque un jeune homme dans une chaise roulante. Ils se parlent et deviennent amis.

Un troll dans mes croquettes
Ursel Scheffler

Maxime n'a pas le moral. Ses parents viennent de divorcer, l'école ne marche pas fort, il est plutôt timide et n'a presque pas d'amis. Un soir, pourtant, un drôle de petit bonhomme débarque dans sa vie, sans prévenir...

L'étrange Noël de Mr Jack
Daphne Skinner

Halloween est une ville peuplée de monstres hilares et de créatures malicieuses. Leur plus grand plaisir est de se livrer à des plaisanteries macabres. Mais, justement, Jack en a assez de faire peur. Il voudrait faire régner la joie et la bonne humeur.

Alifar
Miguel M.F. de Velasco

La sécheresse règne à Serelina. C'est la misère. Chicho n'accepte pas les lamentations des paysans. Tous savent que seul l'ogre peut faire quelque chose. Mais qui osera solliciter celui dont on n'ose même pas prononcer le nom : Alifar ?

Pilou risque tout
Miguel M.F. de Velasco

On ne compte plus les bêtises et autres méfaits de Pilou. Aucune école, aucune institution n'a pu en venir à bout. Et voilà que même son père renonce à l'aimer. Pourtant, Pilou aurait bien besoin qu'on lui tende la main...

kid POCKET

LES GRANDES HISTOIRES DE LA VIE